보딩패스

국립중앙도서관 출판시도서목록(CIP)

보딩패스 : 김준규 시집 / 글쓴이: 김준규. ─ 서울
: 북랜드, 2018
    p.144 ; 13×21cm
ISBN 978-89-7787-803-7 03810 : ₩12000
한국 현대시[韓國現代詩]
811.7-KDC6
895.715-DDC23   CIP2018028062

김준규 시집
보딩패스

인쇄| 2018년 9월 15일
발행| 2018년 9월 20일

글쓴이| 김준규
펴낸이| 장호병
펴낸곳| 북랜드
    06252 서울 강남구 강남대로 320 황화빌딩 1108호
    대표전화 (02) 732-4574 | (053) 252-9114
    팩시밀리 (02) 734-4574 | (053) 252-9334

등 록 일| 1999년 11월 11일
등록번호| 제13-615호
홈페이지| www.bookland.co.kr
이-메 일| bookland@hanmail.net

책임편집| 김인옥
교   열| 배성숙 전은경

ISBN 978-89-7787-803-7 03810
값 12,000 원

보딩패스

김준규 시집

북랜드

自序

꽉 막힌 생각의 통로에서
싯감 하나 건지려고
우물 속을 들여다본다
곰처럼 생긴 녀석이 올려다보고 있다
아무리 찾아봐도 시는 없다
온종일 노깡(土管)을 잡고 뱅뱅 돌다
밤을 기다려
우물 속을 다시 들여다본다
낮에 본 나도 없고 시도 없다
하늘에 자욱한 별만 보인다
물이라도 건져 볼까
두레박을 끌어올렸다
헛물 마시고 있을 때
두레박 속에서
반짝이는 별

2018년 9월 자카르타에서
김 준 규

차례

2

1

소라 별곡

곽지리 모래밭 낙조에
빨간 눈 갈매기
아주망*의 무거운 등짐에
소라의 긴 그림자가 따라간다

자맥질을 간섭하는 너울이
해녀의 이마에 주름으로 박힌다

문고리처럼 늙은 잠수복
모래 위에 널브러진 소라 껍데기의 소리
웅웅웅

고향을 부르는 소리
자식을 부르는 소리
세월을 거꾸로 가고 싶은 소리

아주망은 소라의 빈 껍질을 지고 간다

   * 아주망 : 아주머니의 제주 방언

노랑 군단

돌부리를 쳐내는 해머의 처절한 외침에
캄캄한 석굴에서 눈 뜨는 좌불

꽹과리 소리에 놀라 들여다본
구멍 뚫린 돌담

밤사이 몽골군처럼
횃불 켜고 진을 치는 점령군

한라산 해오름에 당도했는가
성산포 해안에 상륙했는가

댕기치마 펄럭이며
봄을 휩쓰는

노랑꽃 군단

질경이

소달구지 바퀴에
목이 눌려 피멍이 들면

별빛이 내려와 울어주고
이슬이 내려와 만져준다

약수동 위태한 집터
군화가 몽둥이처럼 진을 치던 날

어머니는 자식처럼 끌어안은
좌판을 놓지 않았다

삼복으로 달궈진 자갈밭
말발굽에 차여도

오히려 살아남게 한
짧은 키

거울 속 질경이
가을 홀로 더듬는다

서봉골*의 기억

산이 많아 물이 맑은 동네
차곡차곡 쌓이는 용마름처럼
시간의 퇴적으로 낮아진 초가

전답을 저수지의 바닥에 내놓고
억새풀처럼 거친 손 물속에 드리워
수몰의 슬픔을 지키느라
늙어버린 정자나무

외로움을 매섭게 타던 겨울엔
휘파람을 불어 참새들을 불러오고
청춘을 태우는 여름엔 바람을 흔들어
열기 많은 처녀들이 놀던 자리

키가 큰 은행나무 별빛을 움켜잡고
세월의 담장에 꿈을 쌓던 동네
사랑이 그리워 스적이는 가지

심란한 밤일수록
무던히 울어대던 소쩍새

달그림자 뛰쳐나와
구름 타고 오르는 둥지

* 서봉골 : 충남 아산 송악면 동화리, 작가가 어린 시절을
  보낸 동네 이름

무의 소상素像

때로는 잔뿌리 근심 없는
무처럼 살고 싶다

바람 앞에 시린 가슴 드러내고
안으로 안으로
꾹꾹 눌러 담은 순결의 속살
조금 쓰고 조금 맵고 달달하여

질리지 않는 세월을
우직하게 지켜온 사랑

절개처럼 곧고
풋풋한 팔 벌려
온기 있는 손아귀의 포옹을
기다리는 무청

때로는

청춘을 다 버리고도
당신의 곁에 남아 있는
시래기가 되고 싶다

바람 부는 마을

논두렁에 무리 지어 핀
자운영 꽃잎
자지러지게 웃는 걸 보았지

꽃가루를 한 아름 안고
공중에 떠 있는 날개 없는 호박벌
그대의 소리를 들었지

힘들여 가꾼 모래톱 사랑
용케도 멀리 왔다 싶어 돌아보니
함께했던 흔적을 보았지

그대가 사는
숲이 우거진 마을
몸을 비틀고 가지를 흔들어 춤을 춘다지
햇빛에 놀라
겨드랑이로 날아간 이파리

깔깔대고 웃는 나무들

백 미터 달리기 선수처럼
달려온 시간 위에 널어둔 손수건

그대의 땀이었지

눈꽃의 꿈

너무 추워
별을 보고 우는 나무

눈물이 얼어 눈꽃이 된다

춥고 긴 기다림을 참지 못하여
소복하고 나와 밤에 피는 꽃

꽁꽁 얼어붙은 하늘
허공에 팔 벌려 시린 나무
울분을 참지 못하고 피워낸 가시꽃

아침을 적신 따뜻한 손수건
눈물 닦고 들어 볼까

행여나
당신이 오는 소식
묻어날까

기다림 1

눈길
발자국 깊이로

삶의 무게를 가늠하는
짧은 한낮

절정이

상처를 어루만지고 있다

기다림 2

밧줄로 꽁꽁 동여맨 듯
얼어붙은 북한강

색깔을 보지 못하는 강아지의 망막처럼
침묵의 덕석을 쓰고 우뚝 선 미루나무

차가운 침상
기다림으로 신음하는 회색빛 겨울

창가엔
얼음 강이 사자처럼 울고 있다

짧은 만남을 위한
긴 기다림의 고통
아는 듯 모르는 듯

먼 행성을 떠나

억겁의 시간
여행으로 달려온 별빛들

얼음 속에 거꾸로 박힌 나룻배여
해빙의 날을 궁리하는가

하루살이

군화 끈 동여매고
전장에 나가는 병정처럼
출정을 보채는 새벽 별

거미줄에서 줄타기하듯
먹기 위해 사는 하루

거대한 숲
빼곡한 나무들의 낯선 눈빛
손에 잡힐 듯 서 있는 꿈의 형체
내 것이 아닌 것들

눈에 보이는 아름다운
세상의 모든 것은 가시가 있어
안아 볼 수 없는 그대, 장미같이

그래도

차가운 가슴을 데우는 개포동 거리
포장마차로 모여든 저녁별이 내미는 손

나를 잡는다

각시풀

엄마의
손끝에서 배운
살림 놀이

빨간 입술에서 배운
사랑놀이

내가
다가갔을 때
무작정 덤비던 당신

각시풀 인형
사금파리 깨어
토방의 흙으로 밥 짓고
토끼풀로 겅거니* 하던
소꿉질 아이

세월이 훔쳐간
고운 꿈

거북손 되어
내 앞에 선

당신

* 겅거니 : '건개'라고도 하며 충청도나 전라도 등에서
　사용하는 사투리, 소금기가 있는 반찬을 말한다.

바람꽃

도깨비가 산다는 바람의 집
귓불 시린 바람 밭에 철없이 얼굴 내민 목련

도깨비는 집으로 내려와 목련을 보고 놀다가
나뭇가지에 앉으면 휘파람이 된다

단잠에서 깬 꽃봉오리
잔설 위에 뿌린 향기로
열병처럼 어지러운 사월

파도를 만나면 부둥켜안고 춤추다가
새를 만나 함께 날아갔다는 전설처럼
눈이 부셔 끝내 다가가지 못하고
멀리 보낸 목련

사랑의 목마름은 밤이 두렵지 않은 별빛

도깨비는 가끔 나의 집

뜰에 내려와

당신을 남기고 떠나갔다

물풍선

출근길 도로 위에서
물풍선 같은 비애를 마주한다

문명의 횡포 앞에 시위라도 하듯
뒹구는 고양이 사체
먹이를 퍼 나르는 일터
한 생을 담보로 하는 찰나의 왕복
시간을 지워버릴 기세로 도로를 질주하는 흉기들

바다 같은 건물과 나무숲이 휙휙
스크럼으로 죄어 온다

등 뒤를 툭툭 치는 안전벨트
아차!
노숙인처럼 살다
겨우 세상에 혀 내밀고
사는 맛을 아는 나는 어쩌라고
돌아서면 모두가 허당
물풍선처럼

양재천의 봄

둑방에 장맛비처럼
꽃이 넘친다기에 구경 간다

겨울은 가는 척하다 되돌아와
입김을 불어 싸락눈을 뿌리고

깊은 모자를 눌러쓴 벚꽃은 어디에도
보이지 않았다

고비 사막의 황색 바람이
빌딩 숲을 덮칠 때

새벽 열차를 탄 목련의 꿈은
매봉역 건널목에서 붉은 신호등을 만났다

징검다리처럼
속이고 속는 거라지

봄의 물꼬 소리에 촉을 세우는 붕어에게
소식이라도 들어볼까

흔적

누가 왔다 갔나?
밤손님처럼

없어진 캘린더
벽에는 무색의 흔적
통째로 없어진 시간

너울의 바다에
모래톱 같은 상처들

등 돌려 내준
하얀 백지에 수놓은 얼룩

막 초경을 시작한 화사한 소녀의 미소처럼
시작의 문을 두드린다

온 힘을 다해 갈겨쓴

삶의 자국들

무연고 무덤
석관이 되어

잠기기나 할까

바위의 눈물

숯가루처럼
부서지는 물방울

참담한 최후를 보고
비웃던 바위도

시간의 배를 타고 흘러
흘러 바다에 떨어진 후

모래가 되었고
고향이 그리워 흘린

눈물은 다시
파도가 되었다

적도의 우기

대낮을 꿀꺽 삼켜버린
검은 도포 자락

나이아가라의 폭포처럼 들러붙는
물 타래의 향연

태양의 열기로 얼룩진 슬픔
발자국 켜켜이 달라붙는 애증의 부스러기

빗물로 몸을 씻어낸다
신발 속 땀 같은 먼지
봇물처럼 떠내려간다

썰물이 떠난 갯벌의 조용함
가로수처럼 웃는 얼굴로 돌아온 당신

길

나는 간다
바다로 간다

아득한 수평선 저 끝은
무엇이 있기에
꽃구름 뭉게뭉게
피어 있을까

너울의 너머에 먹빛 바다

물안개 뿌옇던 날
인어 닮은 당신과
돌고래 같은 아이와

파도와 싸우다 힘들면
붉은 게 팔뚝처럼
힘센 친구를 만나고

뱃길을 밝히는 별빛
거품을 토하며 열리는 뱃길

가다 지치면
내 등에 배를 태우고 간다

겨울 낚시

이별한 사랑의 그림자처럼
잿빛 천막으로 가린 하늘
미동조차 힘겨운 겨울 미루나무

얼음을 타고 앉은 망부석
물속에 촉을 세우고 투명의 실을 당기는 힘
한 우물을 팔 요량으로
버티다 세월의 떡밥으로 응고된
생의 꾸러미들

뼛속에 남은 정
뒤집은 양말로 문풍지 막고
홀어머니 체온 하나로
병아리처럼 허약하게 살아나

쓰르라미처럼 울다 놓쳐버린 시간
날갯짓하며 날아간 아이들

아비가 되어 비로소 보이는 것

텅
빈
방

어머니의 미소
붕어에게 내가 낚이고 있다

연어

한 줌 흙이 들썩인다
긴 동면을 깨우는 땅의 속삭임
힘차게 울려 퍼지는 아기 울음소리
새끼 연어는 긴 여행을 떠난다

열락의 숲에는 새들의 노랫소리 가득한데
폭풍으로 낮과 밤을 잊은 태평양 바다
초록빛의 연어들
어디로 가야 하나

억새풀 헤치며 지나온 광야
그 지평선의 끝에서 신기루를 본 적 있던가
순례자는 아가미에 아가미를 걸고
너의 등을 나의 베개 삼아 별들에게
길을 묻는다

돌아서면 갈색의 숲

새들이 떠난 자리

추억은 비상하는 낙엽이 되어 파도 끝에 쌓일 즈음

갈색으로 그을린 연어

고향으로 가는 길을 더듬고 있다

보딩패스

탑승 삼십 분 전
한 배를 탄 사람들의 동질감이
파도 끝에 달려 있다
첫사랑의 필연적 이별처럼
버거운 미소

보딩 할 시간이다

남기고 떠나는 것은
산호초 속 가리비 조개처럼 다문 입

마지막 지상의 끝
뒤를 힐끗 돌아보며
갱도 입구로 빨려 들어가는 사람들

출렁이는 구름 사이로
천국과 지옥의 경계선을

날아가는 배

당신의 고마움은
심해의 침묵으로 에두르고
나를 기다리는 지상의 눈동자
설치는 잠의 이유를 고민한다.

제천 가는 길

언 땅에 발 묻고 제천으로 가는 길목
어머니처럼 목이 길어진 솟대
강굽이 휘돌아
얼음 위를 구르는 바람
탯줄처럼 귀 울리는 고향의 소리
푸르른 시냇가
내가 살던 초가집
갈색의 뒷동산을 뛰어노는 다람쥐처럼
잡초 무성한 옛 둥지의 흔적
이끼 낀 돌담의 낯선 침묵이여
월악산 잎 떨어진 가지
수도 없이 피어나는 눈꽃은
아쉬움에 잠 못 드는
세월의 미소인가

2

매미

보름간의 사랑을 위해
칠 년의 인고를 딛고 목이 터진
소리꾼

지루한 잔치
여름의 끝자락
훔쳐보는 짝사랑

새벽 별 머리에 이고
행상 떠난 어머니
광주리 같은 꿈

비상을 기다리는

옷고름

나팔꽃

차가운 이슬
고운 살결 다칠라
가운gown으로 덮고 외로움으로 지샌 밤

허리 길어 가냘픈 대궁
실 같은 손가락 더듬어 잡은 손

힘 좋은 닥나무에 기대야
살아나는 운명

빛을 받아먹은 영롱한 이슬로 세수하고
연보라색 분을 바른 얼굴

나팔 불며 맞는 태양
뜨거운 눈빛

수줍어 고개 돌리는
당신

백일홍

그 여름

사랑은

연붉은 반점만 남기고

서리 밭에 숨었다

아릿했던 백 일, 멍석 위에

별의 눈물이

내 눈에

떨어진다

안개꽃

바람 없는 날
그대 창문을 열고 한 아름
안개꽃을 맞이하시라

닳아 얼룩진 생의 언저리
가슴 적신 눈물로 지워버리고
스멀스멀 어우러져 날아보시라

울분을 끌어안고 미끄러진 호수
자욱하던 은하수는 간 데 없고
모락모락 수초 위에 피어나는 안개꽃

함께 있으면 보이지 않고
멀리 있으면 보이는 당신

바람 없는 날
그대 창문을 열고 한 아름
나를 맞이하시라

코스모스

꽃이 무서워하는 것은
텅 빈 신작로

붉은 볼이 시리면
파래지는 소녀들의 맑은 웃음
여름을 살다 떠나지 못한 바람이
훼방꾼처럼 어기적댄다

어두운 밤보다 두려운 것은
빈자리를 채우지 못하는
그리움의 잔영

입맞춤하는 벌은 한곳에 머물지 않고

긴 외로움에
찬 이슬이 질척대도
아침이 되면 다시 떠난다

꽃은 무서워하지 않는다

무섭다는 것은
바위 같은 침묵의 언어

아침에 보이는 것

어둠이 걷힌 숲속엔
밤새 달려온 빛의 얼굴
사랑을 포섭하는 이슬이 있고

행낭의 무게로 하루를 가늠하는
친숙한 두려움이 다가올 때
시간을 질책하는 태양의 미소가 있다

자동차의 경적에 놀라
잠에서 깬 창문의 하품을 보며
일상에 획을 긋고 가는 빛의
발자국을 따라가는 사람들

태양이 흘리고 간 따스한 그림자 따라
둥지를 찾아 나서는 산새들

눈 자국

새하얀 융단 깔고
맞이하는 당신의 발자국

눈송이만큼 많은 번민
잿빛 하늘과 맞닿던 밤

뜨거운 눈물이 범벅이었을
사랑의 무게로 짓눌린 발자국

날개 접고 앉아
보자기로 덮은 아픔이 만져진다

바람으로 팬 파도가
함몰의 상처에 제 살을 채우듯

사랑으로
새 살을 돋게 하는 당신 발자국

아침 명상

등 돌리고
숨 고르는 사랑

설익은 술밥처럼
까칠한 하루를 비벼서 몰아넣은 술 단지

밤사이

숙성된 영혼이 눈을 뜨고
술지게미처럼
체로 걸러진 시간

여명이 맑은 새소리 데려온다

생명의 둥지에서
물보라를 일으키며 솟아오르는
빛의 향연

익숙한 것들의 나태함
바다에 발을 담근 절벽의 손사래

먹이를 찾아 나서는
물새의 날갯짓을 본다

복수초

목이 짧아
꿈도 없이 살았지
춥고 어두운 터널의 끝

고개를 쳐드니
겨울은 아직도 거기 있다

제 명을 다 살고도
털지 못하는 아쉬움의 바다
고래 심줄처럼 목을 죄고 늘어지는
언 땅의 복수초

걱정을 마라
운명처럼 비운을 머리에 이고
오기로 살아온

죽지 않고 일등으로 나와
길가에 핀

노랑꽃 하나

언덕의 독백

지루한 지평선엔 졸리는 신기루가 많아 절벽이
보이지 않는다 죽지 않으려고 언덕을 향해 달렸다
그곳엔 절벽도 보이고 바다도 보였다 바위 뒤에 숨
은 당신도 찾았다

언덕으로 가야지

시간이 흐른 후

문드러진 산이

다시 평지가 될지라도

숲은 외롭지 않다

얼러리 얼러리
사람들은 여럿이 함께 살면서 외롭다 하고
손잡고 사랑하면서 외롭다 한다

살아 볼 테면 살아 보라지
혼자서는 외로워 외로워
못 산다 할 걸

사람들은 여럿이 함께 가면서
절벽이 무섭다 하고
손잡고 사랑하면서도
무섭다 한다

가려면 가보라지
혼자서는 무서워 무서워
못 간다 할 걸

밤에 온 손님

등이 굽은 하루
아직 기력이 남아 있나
허리 펴고 설 무렵 석양을 배웅하듯
안개처럼 살며시 찾아온 손

사노라 쌓인 먼지
씻어내어 보듬고
촉촉한 얼굴 검은 마스크로 덮어
상쾌한 아침을 맞게 한다

험한 세상 보느라 충혈된 눈 감싸 안고
귀 열어 듣던 모진 말
따뜻한 솜을 대어 귀를 막는다

쓰나미가 쓸고 간 황량한 들판
깨지고 흐트러진 생의 조각들
삼태기를 들고 나온 착한 머슴

시작을 알리는 아침
머물던 자리는 하얀 백지가 되어

어디쯤인가

묻지를 마라

덧칠한 자화상을 들고
내가 서 있는 곳
어디쯤일까

연탄불 위에 냄비 끓듯
중독처럼 번지다
시간의 계곡으로 유배된 가난

바람의 훼방인가
잎을 달지 못하고 자란 꿈

세 끼 밥의 볼멘소리는
무기력한 어느 봄날의 졸린 눈꺼풀로 내려앉아
황막한 대지에 깔리는 메아리로 남는다

내가 서 있는 곳
어디쯤인가

묻지를 마라

떨어지는 소리

어느 따뜻한 봄날 빨간 하트 모양의 우주, 탯줄
에 매달려 중력을 털고 일어서는 아기의 첫 울음
소리를 들었다 한여름 달궈진 혈기로 풀무질하던
이파리 꼭지에 물기가 말라 바람이 우는 소리를 들
었다 땅에 떨어지는 것들은

기쁠 때도 울고
슬플 때도 운다

가을

창천에 흩날리는 낙엽
화려했던 청춘의 이별을
아쉬워하고

옷깃 사이로 파고드는 소슬바람
긴 여름 뜨거웠던 사랑을
못 잊게 하네

찬연했던 젊음은 한 점 빛바랜
잎이 되어
향기로운 책갈피에서 잠자고 있다

별들이 총총한 밤
겨울잠을 준비하는 풀벌레
꿈속에서
찬란한 봄을 맞이하리

커피 소나타 1

영혼의 눈을 흐리게 하는
사막의 먼지처럼
날개의 펄럭임으로
먼지 위에 쌓이는 먼지

검붉은 향기
주술을 마시듯
영혼에 들어부어

별빛 시나위로
닫힌 입을 열고
무당처럼 영매가 굿을 시작한다

붕대를 매고 늘어진
꼬인 사랑으로 신음하며
박쥐처럼 모여드는 동굴

당신 앞에 맥 못 쓰고
조아리는 사람들

산에 가야지

외로우면
산에 가야지

숲에서 이는 너울
어머니의 가슴골처럼 포근하다

친구가 그리우면
산에 가야지

나뭇가지 가슴 펼치고 힘 들어간 어깨
바람처럼 끌어안는다

사랑이 고프면
산에 가야지

산처녀의 화사한 웃음처럼
긴 허리 끝에 달린 호랑나비 꽃

설레는 잎
손 흔들어 기다린다

스마트폰

세상을 움직이는 것
부처님의 손바닥

물리학의 꽃가마를 타고
홀연히 나타난 그녀

만지고 문질러 얇아진
직사각형의 젖멍울

지구를 에워싸고도 남을
귀신같은 신경 세포

광대한 우주 반짝이는 은하수처럼
카멜레온을 닮은 얼굴

손대면 맑은 눈으로 반응하는
해파리 같은 촉수

그녀가 뿌려 놓은 상상의 조각

달빛 아래 머리 맞대고 옹기종기
공기하던 친구들

등 돌리고 앉아 너만 보고 있네

밤하늘에 별은 떠나가고
손바닥에 별만 놓고 있네

아침의 반란

창문을 열었더니
눈 안에 가득한 수국

달 같은
소녀들이 함박웃음
떨구고 간 듯

지난여름
태풍 매미의 짓궂음에도
잃지 않은 웃음

달빛을 사랑하며
꽃을 피웠으리

수세미처럼
부석한 얼굴로 돌아온 중년
잎은 시들어도

함박웃음

그대의 꿈이 창문을 엿보고 있다

일몰의 재발견

밤하늘을 날아가는 북방 기러기
가는 길 밝히려고
날개를 붙잡는 석양

미루지 못할 일 애써 잡지 못하고
돌탑 위에 올려놓는 아버지

빈자리를 채우려
눈을 비비고 쏟아져 나오는 별무리

숟가락처럼
구부러진 시장기는 오히려
명치끝 짜릿한 슬픔이 되어 다가온다

굽은 허리 치며
하루를 달려온 마라톤 그림자처럼 따라와
어깨를 만지는 따뜻한 손

주인을 기다리며 좋아 날뛰는
송아지의 헛발질 속에 잦아드는
하루의 얼굴

가슴의 사랑

도요새의 목소리는 골짜기 흐르는 물소리를 닮
았나?

노루의 맑은 눈빛은 산허리에 고이는 샘물을 닮
았나?

푸른 산은 불변의 자태로 가슴을 열어 순결의
사랑을 흘려보낸다

당신 가슴에 사랑의 꽃을 피우려 연어는 멀고
험한 길을 달려왔는가?

영혼이 떠나고 생각으로 포장한 사랑

껍데기만 남아 바다로 간다

외도

세월이 사람을 쫓아간다
사람이 세월을 쫓아간다

군상이 물결치고 지나간 뒤
홀로 남아
서러워 통곡하는 파도

돌아올 땐
떠날 때의 아픔을 기억 못 하는
덧없는 해풍

세월이 화석이 되어
시루떡처럼 켜켜이 응고된
저 해금강의 절벽

배는 떠나가고
캄캄한 섬

외로움을 지키고 있다

둥근 것의 재조명

꽃잎이 둥글지 않은 게 있던가?

지구가 태어날 때 모습처럼
사람 얼굴을 닮은 너의 형상

태양이 눈부실 때
꽃잎이 화려하듯

너의 눈빛이 부딪혀 더워진 열기
달빛조차 따뜻하다

너의 고향은 어머니의 젖가슴
문어의 빨판 같은 아기의 입

시작과 끝이 모나지 않아
우주의 포물선을 그리고 돌아오는
원점

마구 버려진 바위 부스러기
구르면서 예뻐진 조약돌

기적 같은 너

갈잎

수다 떨며
막차로 떠나간 친구들

생선 가시처럼 앙상한 가지에
목을 매단 갈잎

길 가다 서면 외로워지고 싶어
구걸하듯 내미는 손

잎이 떨어질 때는 소리가 없다

종이비행기처럼
나무 사이를 이리저리 날아
미로처럼 빼곡한 가지에 걸려 넘어지면

조소하는 몸짓이 밤안개처럼 스멀거린다

길 가다 서면
갈잎은 외로움의 시녀가 된다

홀로 잠드는 촛불이 된다

개똥벌레

순천만의 갈대
들개가 남긴 흔적 위에 둥지를 짓고
똥칠한 멍석 위에 누워 미동으로 보낸 세월

비행기 날개처럼 등딱지 열고
황금빛 사랑의 날개로 비상하는 날

하늘 끝
멀리 간 왜성은
안간힘으로 빛을 내며

스스로 소멸한다

시간을 달고 달리는 기관차
밤낮을 달려도 변하지 않는 별자리
땀이 되어 맺힌 밤이슬

유성이 떨어진 자리
팬 웅덩이에 사랑이 쌓이면
황금빛 비상을 꿈꾸는

다시 개똥벌레

종이꽃 – 부겐빌레아

가랑잎처럼 해쓱한 것이
흐릿하게 바랜 색종이를 썰어 뭉친 듯
허름한 꽃망울

억세고 푸른 이파리는 마구 무성하여
그나마 꽃이 살아난다

쉼 없이 간섭하는 태양의 고문
까칠한 민낯으로 인고를 터득하고
사랑으로 고인 촉촉한 눈빛이 얻어낸 세월

꽃향기 그윽하여 훔치는 놈
어여쁘니 목 내놔라 할 놈 없으려니

물려받은 살성 하나 꺾어 살을 대고
흰 꽃을 묶어두면 빨강이
빨강 꽃을 묶어둬도 흰 꽃이 되네

기름기 없는 땅
물기 없는 바위라도 꽂기만 해라
꼿꼿이 살아남을
사랑

세월

초저녁 어둠이 내릴 때
거울 속에 비추어진 주름진 얼굴
온종일 시끄럽던 대문 앞
아이들도 돌아갔다

빛나던 밤하늘의 별들은 하나둘 명멸明滅하고
사랑과 미움의 흔적도
누렇게 변한 벽지 위의 낙서

반백 년 모질게 살아온
흩어진 세월의 조각이, 어찌

찔레꽃 찬란했던 덤불 위에 버려졌는가

3

바람 주름

빈 번데기만 남기고
너울너울 날아간 나비
주름 사이로 '휭' 바람이 샌다

누가 그린 그림인가
이마에 굽이쳐 흐른 강물
거울 속 낯선 이가 자꾸 보고 있다
아내의 로션으로 꾹꾹 채워 발라 보지만
신대륙에 끌려온 노예의 문신처럼
지워지지 않는 시간의 발자국

살갗에 쌓이는 물음표
아니오! 아니오! 대답을 보류한 채
풀지 못한 아쉬움의 빗장
한여름 흘린 땀 소금이 되어
하얗게 식은 대장간의 풀무

주름 사이로
시린 바람이 들고 있다

초로의 기쁨

선홍빛 로맨스
딱딱한 갑옷 속에 숨어 가쁜 숨을 쉬고
석양이 비낀 날

굴곡진 면경에 비친 하관 없는 얼굴
세월의 둔탁한 칼로 베인 듯
뭉그러져 있어도 어찌하리

가슴을 적시어 지켜온 사랑
전봇대처럼 몸으로 지켜온 당신

비 개인 날 호랑이 장가가듯
잠시 머물다 간 열정이
거미줄에 매달려 있어도 좋다

비우기 싫은 걸 비우라 하네
잊기 싫은 걸 잊으라 하네

남방의 텃새는
옛 친구 이름 부르라 하네

반둥 탕쿠반 푸라우 온천

얄궂게 굽이친 비탈
길을 묻는 산객

첫사랑의 문을 연 새댁처럼
이슬 받아 분 바르고
가슴 꽃향기로 손 흔드는 엔젤 트럼펫

뜨거운 입김
시간을 달구는 가마솥
길을 막아서는 적막한 숲은
태고의 숨소리를 들으라 한다

기다림의 끝에서 터진 꽃망울
첫 만남의 설렘처럼 놀라는 혀끝의 아릿함으로
한풀이하듯
알몸을 휘감는 향기

북방 멀리에서 날아온 자작나무 잎

돌개바람에 실려 와

물 위에 누워 화석이 된다

적도의 야자나무

하얗고 고운 살
너는 팔을 벌려 태양을 끌어안고
알몸으로 사는 이들의 피가 되고

긴 이파리는 비를 막아
천의 몸짓으로 춤추고 노래하는
적도의 밤을 지킨다

대쪽 같은 몸
하늘 높이 서서
장승 같은 침묵으로 바람을 가르고

밤이 되어 빗살같이 벌린 팔
사이사이로 매달린 별
크리스마스트리 같기도

적도의 파수꾼

뜨거운 슬픔이 밥이 되어 영근

저 풍만한

가슴으로 내어준 사랑

마지막 불꽃놀이

불꽃을 물고
하늘로 치솟는 화살을 쫓아
함성을 앞지르는 번득이는 동공

플라밍고의 조아리는 머리처럼
소쿠리에 별을 담아 쏘아 올린 듯

그 절정에서 포효하는 올해
불꽃은 다 태우지 못한 재로 남고
부대자루는 어망처럼 성글어
쓸어 담아도 채워지지 않는 꿈으로 남는다

더러는 꼬이는 발목으로
평행선을 건너는 위태한 사랑으로 남아

시간 위에
얼룩이 되기도

공중 뿌리

바람이 화가 났다

숲속에는 난리라도 난 듯
나무의 이파리는 다 떨어지고
뼈만 앙상히 남아 부러지고 꺾였다

어떤 나무는 남의 돈을 훔치다가
어떤 나무는 바람을 피우다가
억 하고 빽 하는 소리가
밤새도록 들려왔다

나무는 긴 뿌리로
땅의 구석구석을 점령하고도
허공을 치고 올라와
여기저기 헤집고 다니다가

바람의 심기를 건드렸다

커피 소나타 2

좀비에게 도둑맞은 듯
흔적도 없는 어제의 기억
흑갈색의 향기로 불러온다

보상도 없는 시계추처럼
횡포를 일삼는 일상
익숙한 것에 나태한 심신

촉수를 깨우는 향기
후각을 타고 들어와
안개 걷힌 청명한 아침을 놓고 간다

사탕을 비웃는 녀석
보리처럼 못생기고
소태처럼 쓰고 까칠하여
오히려 질리지 않는 것

커피색처럼 어두운 얼굴에
거품같이 화색이 돋게 하고
웃는 얼굴

사랑을 두고 간다

성황당

산에 가지 않고
솔잎 향을 안다고 말할 수 있나

고개에 이르러
목을 휘감고 도는
구름의 뜻을 알 수 있을까

어머니의 어머니
아버지의 그 아버지가 다녀갔을
성황당 돌무더기

한 조각 깨진 돌 올려놓고
합장하고 발원하네
소지로 날아오를 꿈
언덕은 여전히 가파른데

멈추지 않는 일상의 무게

청실홍실 솔잎에 매달린 소원
산정에 모여드는 구름 같은 사연
당신은 알까

강물

바람은 비를 데려와
숲속에 뿌리고

숲은 촘촘한 그물망으로 빗물을 걸러
사랑이 숨 쉬는 강으로 흐른다

물속에 잠긴 달빛
너는 두 손 깍지 끼고
강둑을 거꾸로 걷는 연인을 보았는가

바람은 숲을 떠나
물 위에 고이고

솜털 같은 촉수로
강물을 애무하며
물결을 만드는 사랑의 경련

달빛은
창백한 백자의 파편처럼 부서져
너의 가슴에 떨어진다

바다

별빛이 술에 취한 듯 비틀댄다

너울의 끝에
흔들리는 가랑잎

그물을 가득 싣고 가는 배

올가미를 던져 꿈을 건져 올리는
심해의 무게로 매질하듯

철썩철썩 뱃전을 다그치는 파도

외로움은
사랑을 잡는 그물

술래잡기

산에 오른다
산 위에 행복이 숨어 있다기에
올라갈수록 꽃은 멀리 있고
키가 작은 나무는 그늘도 짧았다
바람막이도 되지 못했다
행복이 숨을 만한 곳을 찾는다
날은 어두워 이미
산 아래 꽃은 보이지 않는다

깨닫는 것

시위를 떠난 화살
살갗을 흔드는 속도감
모닥불 같은 용기가
촛불처럼 작아진 이유

바다처럼
도로를 점령한 스컹크 무리들
소리 없는 방귀는 더 지독하다는 범론汎論
냄새에 중독된 녹슨 부처

이제야 깨달은 것
복숭앗빛이던 아내의 볼
눈물샘이 터진 일, 그리고

진화 중인 눈물 주름

얼음 속의 별

당신 떠나간 빈자리 잿빛 바다
푸른 솔가지라도 꺾어 냉골에 군불을 지피시라

얼어붙은 한강의 발자국
손 소매 걷어 올리고 여름을 실어 나르던 배

체온을 잠식하며 고드름이 된 외로움

웅크린 사랑의 불씨를 놓지 마시라

어서 노를 들어
꽝꽝, 얼음을 깨고

물속에 갇힌 별을 구하시라

눈알 굴리며 물소리 기다리는 붕어처럼
당신의 날개를 구하시라

태종대 사랑

첫사랑이 흘리고 간 아픔인가
잠을 거부하는 수평선
바다의 뒤척임

깊이 팬 파도 하늘 높이 치솟아
면사포처럼 휘말리는 하얀 포말
두 번의 이별을 고한 사랑이 뿌린 눈물인가

때리고 매달려도 턱 추켜올리며
별을 가리키는 야속한 바위

물에 잠긴 서쪽 하늘
닭똥처럼 늘어진 별빛
사내의 눈물처럼

쇠똥구리

달 밝은 밤
사각사각
소리가 바람을 헤집는가

그리 모나지 않는 쇠똥구리 등을 문지르는 달빛
프리즘처럼 꺾이며
유성같이 날아 쇠똥 위에 일렁인다

형장의 노예처럼
생의 꾸러미
뒷발로 굴리는 소리

비빔밥처럼 섞인
사랑과 고뇌의 뭉텅이

구름 낀 날엔
더욱 맑은

당신 소리

그네의 법칙

강둑에
눈이 내리는 날이면
하늘을 보고 입을 벌리는 웃음보

비가 오면
가슴으로 우는 녀석
수평대에서 팔 벌리고 뒤뚱거리는 아이

어느 곳이든
때도 없이 입 맞추고 살을 비비는
세 살배기 꼬마

밀치면 아쉬워 다가오고
당기면 싫증 나 멀어지는 그네처럼

여리고 어설퍼 다치기 쉽고
날카로워 스치면 베이고
물리면 흉터로 남을

가을의 끝

잎새에 피어난
시간을 갉아먹은 검버섯
저주하듯 짖어대는 까마귀

바람 불던 날
나뭇가지 사이로 들리는 장송곡
얼어붙은 땅에 가을을 묻는다

이제 겨울은
갈참나무 같은 얼굴을 하얀 천으로 덮고
산을 내려온다

사랑을 들키다

사랑이 밀물과 썰물의 경계에서 방향을 잃고
허둥댄다

벌거벗은 것들
소라, 대합, 망둥어
다 이루지 못하고 반쯤 벗겨진 사랑

배설물로 범벅이 된 황량한 갯벌에서 달에게
애원한다

비운 자리 새것으로 채워지고
채워져 썩으면 비우게 하는 힘의 공전

몸을 감추는
시작을 위한 알몸

사건의 배후

　내가 사건 현장에 가야 했던 이유, 이유를 만든 우연의 골짜기 그곳은 마음의 갈고리가 끌고 간 함정이었다 빌딩 벽을 긁고 다급하게 들려오는 금속성의 비명 먹칠한 아스팔트가 자동차의 천장을 짓누르고 피가 물구나무서는 어둠의 끝에서 본 절벽

　일렬로 선 개미 떼들의 놀란 시선 강남역 건널목 신호등에서
　눈물이 뚝뚝 떨어질 때

　우연의 골짜기에서 간극의 순간을 지배한 신神과 마주한다

전율

바람은 새의 날개를 흔들어
구름을 태우고
강물은 상류와 하류가 속삭이며
땅이 기운 쪽으로 흘러간다

가까이 모이려는 종족의 속성엔
절묘하게 엮인 고리의 배후가 있듯
무언의 속삭임엔 솜털의
솟아나는 전율이 있다지

햇빛이 내려와 속삭일 때
꽃잎은 숨긴 가슴을 푼다
한낮의 후두둑 내리는 소낙비의 속삭임
갈라진 땅에서 물고기가 튀어 오를까

이슬 같은 눈빛의 속삭임
홀연히 나타난 당신

그 깊은 눈 속에서 만난

내 눈가의 떨림

앵벌이의 꿈

공상의 늪이다 수화기에 꽂힌 마지막 괴성이 흘러나온다 인터폰은 마 사장이 쳐놓은 그물이었다 하루를 태운 태양이 책상 모서리에 긴 삼각형을 긋고 생을 마감한다 일상의 칼날 위에 회전목마를 탄 앵벌이 생각은 줄 끊어진 연처럼 마지막 지상 낙원을 찾아가고 정수리에 피는 전율이 만져진다

빛을 밀어낸 땅거미 그림자를 깨고 시커먼 바위에서 꾸역꾸역 나오는 개미 떼 복권 한 장 사들고 유유히 거리의 유리벽을 들여다보니 얼굴이 없다 유성처럼 휙 긋고 지나가는 자동차의 불빛 속에 욕망마저 투명한 남자가 서 있다

신발 별곡

지상과 하늘 사이 놓인 양탄자

잠을 잘 때
문을 지켜주는 충견처럼 눈 뜨고 일어나면 만난다

알몸으로 따뜻한 살을 끌어안고
맨땅을 만나는 다리 위의 다리

바다에서 나를 태우고 뜬 배
부딪힌 파도에 무릎이 깨지고
배 밑에 구멍이 나도 아프지 않은 사랑

단 하루도 못 보면 뿌루퉁해져
허리가 외로운 사랑쟁이

백자의 최후

숨 막히는 외로움
칼바람 비탈에서 수십 년을 버틴 갈참나무 베어
다가
일천 도 불가마에 넣고 구워낸 절개라 했던가

우주의 문을 열고 나온
타는 듯한 미소 도도함
얼음같이 눈이 부셔 마주할 엄두조차 없는 고매
한 당신

쇳물도 얼릴 듯
차가운 내면의 눈물로 밀랍처럼 다진 성벽

열 손가락 보듬고도 묻어나는 두려움
꺼풀 벗고 세상 구경하겠다고 행차하던 날
하필이면

운명이 찰나의 칼끝에서 탈춤 추는 날
쨍그랑!

천년을 살아도
한 줌 흙의 부스러기로 남을 어제의 절개

암바라와Ambarawa 답사기

삼백 년 환난의 역사가 시작되던 인도네시아 중
부자바 암바라와로 가는 길, 교활한 침략자들의 눈
빛이 적도의 태양처럼 이글거리고 있다

침략자들이 칼춤 추며 놀이 굿을 하던 황량한
벌판은 착하고 아둔한 이들의 피가 시내를 이루었
으리라 점령자들이 쌓아올린 철옹성은 그들의 무
덤이 되어도 붉은 벽돌집 처마 밑 썩은 물은 아직
도 고여 있다

지척이 천 리 같은 도랑을 건너 구름 같은 산으
로 에워싼 지옥 같은 황량한 일터엔 이름 모를 새
들만 떠돌고 있다 원통하게도 점령자들 중에는 나
라 잃은 조선인도 있었다니 온몸을 휘감고 도는 끈
끈한 열풍은 그때의 열풍을 기억하고 있으리라

암바라와로 가는 길은 다시 돌아올 수 없는 가시

무덤이었다고

* 암바라와Ambarawa : 중부 자바 스마랑에서 솔로로 가는 전
략적 요충지. 네덜란드인들은 식민통치를 위해 군대를 주
둔시킬 목적으로 이곳에 요새를 축성하였으며, 그 후 일
본군들은 패잔병 네덜란드인을 수용하는 감옥소로 사용
하였다. 그리고 이곳에는 조선에서 강제 징집된 조선 군
인들을 배치하였으며, 요새 인근에는 위안소의 흔적도 남
아있다.

그리움

베어 문 사과의 옆구리
잘려 나간 시간의 빈터

풍장처럼 허공으로 날아간 생의 궤적이
안개처럼 흩어져 실개천과 나뭇잎을 문지르며
형체도 없이 떠나간다

아직도 그대 창문 밖
살색 커튼의 실루엣을 서성이며
슬픔의 흔적을 지우는 그림자

이른 봄,
꽃은 잠시 피었다
훌쩍 여름을 찾아 떠나가고
찬란했던 나뭇잎은 바람이 되어
외로운 가지에

새가 되어 운다

맑은 은유와 사랑, 치유의 소리꾼

김주명

맑은 은유와 사랑, 치유의 소리꾼

김 주 명 | 시인

1.

시는 시인의 삶의 공간이다. 이는 삶과 동떨어진 시가 나오기는 어렵고, 시는 근원적으로 삶을 바탕으로 하기 때문이다. 삶을 통한 체험과 감정을 적절히 잘 조율하면서 시인은 세상과 소통하게 되는 것이다. 이런 삶의 순간에서 대상을 바라보는 특별한 시선을 우리는 시인에게 요구한다. 계간 ≪문장≫에서 박윤배 시인은 심사평을 통해 모든 예술이란 무릇 기존의 형식에 반기를 드는 데에 미학적 가치를 지닌다고 평했다. 이는 인식의 질서를 뒤집어야 하는 명제를 안고 있다는 뜻이다. 소나무를 소나무로 보지 않고 새로운 것으로 보기도 하고, 사물이 보여주는 그 너머의 본질에서 시인의 심저에 있는 분노와 우울, 고통을 찾아 카타르시스를 끌어낸다.

김준규 시인은 발명가다. 그의 특별한 이력에서 그는 이미 사물에서 시가 되는 변곡점을 스스로 찾아내는 감각을 숨기지 않는다. 그러면서 그의 시는 맑다. 삶을 바라보는 시선은 따뜻하고 사유는 투명하다. 그다지 감각적인 시어도 보이지 않으며 일상 속에서 누구나 만나는 평범한 언어들의 조합으로 시를 만들고 있다. 그렇다고 그의 시를 쉽게 읽어 내려간다면 김준규 시인만이 가지는 따뜻한 감성과 찰나의 이미지를 놓쳐버리고 만다. 이를 잘 말해주는 한 편을 먼저 살펴보자.

보름간의 사랑을 위해
칠 년의 인고를 딛고 목이 터진
소리꾼

지루한 잔치
여름의 끝자락
훔쳐보는 짝사랑

새벽 별 머리에 이고
행상 떠난 어머니

광주리 같은 꿈

비상을 기다리는

옷고름

- 「매미」 전문

　인용시에서 소재는 단연 '매미'이다. 매미의 우화羽
化 과정을 통해 화자는 삶을 들여다보고 있다. 순간
날아오르기 위해서 기다림의 긴 시간을 보내는 매미
를 통해 시인은 문득 훔쳐보는 짝사랑을 회고하다 어
머니를 그리워하게 된다. 그다지 특별할 것이 없는
이 시의 마지막에 등장하는 '옷고름'이 우리의 통점을
누른다. 누구의 옷고름일까? 시의 전개로 보자면 어
머니의 옷고름일 것이다. 하지만 딱히 어머니의 옷고
름이라고 지칭하지 않는 대목에서 이 시는 상상의 많
은 단초를 제공한다. 아직 폐백을 마치지 않은 부끄
럼 가득한 아내의 옷고름일 수도 있겠고, 성장해서
새로운 세상으로 떠나는 자녀의 옷고름도 될 수 있겠
다. 더 나아가 막 젖 물리기를 마친 어머니 옷고름이
떠오르기도 한다. 이렇듯 한 편의 시 안에서 상상의
공간을 대상과 화자를 뛰어넘어 범우주적으로 퍼져

나갈 수 있게 하는 시를 우리는 좋은 시라고 말한다.

2.

김준규 시인은 올해, 계간 ≪문장≫을 통해 문단에
나왔다. 그의 인생 종심從心이 되어서 시인으로 등단
했으니 늦깎이 등단이라 할 수 있겠다. 하지만 이는
등단의 생물학적 나이가 늦다는 것이지, 사유나 감성
이 늦었다는 뜻은 아닐 테다. 그러면서 첫 시집도 묶
어 함께 세상에 내놓으니 그 왕성한 창작력에 놀랄
뿐이다. 그가 시를 대하는 모습은 어떠할까? 시집의
자서에서 직접 밝힌 대목을 음미해 보자.

꽉 막힌 생각의 통로에서
싯감 하나 건지려고
우물 속을 들여다본다
곰처럼 생긴 녀석이 올려다보고 있다
아무리 찾아 봐도 시는 없다
온종일 노깡土管을 잡고 뱅뱅 돌다
밤을 기다려
우물 속을 다시 들여다본다
낮에 본 나도 없고 시도 없다
하늘에 자욱한 별만 보인다

물이라도 건져 볼까
두레박을 끌어올렸다
헛물 마시고 있을 때
두레박 속에서
반짝이는 별

- 「자서」 전문

그랬다. 시인이 어디에서나 시를 건지려 애를 쓴 모습이 역력하다. 시인이 찾는 것이 문자로 표현될 수 있는 시를 넘어서 삶의 어떤 시를 찾는 것이 아닌가 하는 의구심도 든다. 하지만 어디에도 시는 없었다. 온종일 끙끙 매달려도 시는 없다. 그러면서 삶을 복습하듯 다시 들여다본 우물에서 그는 물을 발견한다. 물이 있었다. 하지만 이 물은 화자가 전에 보아왔던 물과는 전혀 다른 것이다. 그래서 시인은 스스로 "헛물"이라고 이름 짓고 위로한다. 그렇게 건져 올린 헛물의 두레박 안에서 별이 빛나고 있다. 이 별로 시인의 눈동자에서 우리의 눈동자로 전이되는 황홀한 순간을 그는 맛본 것이다.

시인은 은유로 이야기한다. 또한 은유를 이야기할 줄 알아야 진짜 시인이 된다고도 한다. 이런 점에서 김준규 시인이 계간 ≪문장≫ 44호에서 직접 밝힌 수상 소감을 다시 옮기고자 한다.

  "수십 년을 비즈니스맨으로 살면서 얻은 나에 대한 수식어는 발명가였다. 그러나 세상에 존재하는 발견이나 발명이 완전한 것은 없다. 다만, 모방을 요령껏 피해 갈 뿐이다. 모방이라 하더라도 다른 사람이 눈여겨보지 않은 참신한 아이디어가 접목되면, 소비자로부터 좋은 반응을 얻을 수 있고 걸맞게 수익도 보장된다."

  시인은 사물을 바라본다. 그 사물이 시인의 사유라는 프리즘을 거치면서 시 창작의 대상으로 다시 태어난다. 이 프리즘을 막 통과한 대상은 세상에서 단 하나밖에 없는 이미지, 즉 예술적 피조물이 된다. 김준규 시인이 이야기하는 맥락과 일치한다. '다른 사람이 눈여겨보지 않은 참신한 아이디어가 접목되면서 시가 시작되고 시인의 상상력이 대상에 입히게 된다. 상상력은 살아 오른다. 그런 연후, '공감'으로써 우리는 시인에게 찬사를 보내게 된다. 시집 구석구석에 박혀있는 별빛 같은 은유의 장면들을 뽑아 보았다.

울분을 끌어안고 미끄러진 호수
자욱하던 은하수는 간 데 없고
모락모락 수초 위에 피어나는 안개꽃
　　　　　　　　　－「안개꽃」에서

등 돌리고
숨 고르는 사랑

설익은 술밥처럼
까칠한 하루를 비벼서 몰아넣은 술 단지
　　　　　　　　　－「아침 명상」에서

보상도 없는 시계추처럼
횡포를 일삼는 일상
익숙한 것에 나태한 심신
　　　　　　　　　－「커피 소나타 2」에서

　시인의 눈에 펼쳐진 호수는 호수가 아니다. "울분
을 끌어안고 미끄러진 호수"를 바라보고 있다. '울분'
이 없는 생이 어디 있으랴? 하지만, 호수는 울분을 끌
어안고 말이 없다. 잠잠하다. 「아침 명상」에서는 '술
밥'이 등장한다. 우리네 사랑은 설익은 술밥이며 하루
의 삶을 "까칠한 하루를 비벼서 몰아넣은 술 단지"로

일갈한다. 은유가 주는 통쾌함에 '아, 그럴 수도'라는 탄성이 절로 나온다. 다음은 또 어떤가? "보상도 없는 시계추처럼" 우리는 일상을 살고 있다. 보상이 없다고 멈출 수 있는 시계추가 아니듯, 시인은 이미 시계추 너머의 세상을 들여다보고 있다. 이렇듯 생의 통점을 정확하게 관통하는 은유의 언어는 우리 삶에 극한 위로와 공감을 가져다준다. 한 편 더 살펴보자. 시인은 어느새 연어가 되어 있다.

한 줌 흙이 들썩인다
긴 동면을 깨우는 땅의 속삭임
힘차게 울려 퍼지는 아기 울음소리
새끼 연어는 긴 여행을 떠난다

열락의 숲에는 새들의 노랫소리 가득한데
폭풍으로 낮과 밤을 잊은 태평양 바다
초록빛의 연어들
어디로 가야 하나

억새풀 헤치며 지나온 광야
그 지평선의 끝에서 신기루를 본 적 있던가
순례자는 아가미에 아가미를 걸고
너의 등을 나의 베개 삼아

별들에게 길을 묻는다

돌아서면 갈색의 숲
새들이 떠난 자리
추억은 비상하는 낙엽이 되어 파도 끝에 쌓일 즈음

갈색으로 그을린 연어
고향으로 가는 길을 더듬고 있다
ㅡ「연어」 전문

연어는 대표적 회귀성 어류가 아닌가? 40여 년의
긴 외국 생활은 시인을 연어로 살아 품어 왔다. 문득
보이는 시어들과 행간에서 낯선 삶의 고단함과 외로
움이 묻어난다. 연민의 정은 또 어떠했으리라! 하지만
연어는 머물지 않고 투명한 그의 사유로 돌아온다.
그래서 더욱 경쾌한 시가 된다. 온갖 추억이 비상하
는 낙엽이 되어 파도 끝 맑은 물방울로 살아 오른다.
이제 낯선 바다에서 40여 년을 보낸 연어가 한 권의
시집을 들고서 고향으로 가는 물길을 열고 있다.

3.
김준규 시인의 시에서는 어머니가 종종 등장하는

것을 볼 수 있다. 여기서 대지모 사상을 엿볼 수 있겠는데, 대지모신大地母神, Mother goddess은 모성, 생식력, 창조성, 또는 지구의 풍부함을 상징하는 대표적 여신이다. 또한 자연세계와 동일시 될 때는 어머니의 지구 Mother Earth라고 칭하기도 하는데, 어머니는 우리의 기억 속에 늘 축적되어 있다. 어머니가 그리움의 대상이자 만물 생성의 근원임은 더 부연해 설명할 필요가 있을까?

이별한 사랑의 그림자처럼
잿빛 천막으로 가린 하늘
미동조차 힘겨운 겨울 미루나무

얼음을 타고 앉은 망부석
물속에 촉을 세우고 투명의 실을 당기는 힘
한 우물을 팔 요량으로
버티다 세월의 떡밥으로 응고된
생의 꾸러미들

뼛속에 남은 정
뒤집은 양말로 문풍지 막고
홀어머니 체온 하나로
병아리처럼 허약하게 살아나

쓰르라미처럼 울다 놓쳐버린 시간
날갯짓하며 날아간 아이들
아비가 되어 비로소 보이는 것

텅
빈
방

어머니의 미소
붕어에게 내가 낚이고 있다

− 「겨울낚시」 전문

소달구지 바퀴에
목이 눌려 피멍이 들면

별빛이 내려와 울어주고
이슬이 내려와 만져준다

약수동 위태한 집터
군화가 몽둥이처럼 진을 치던 날

어머니는 자식처럼 끌어안은

좌판을 놓지 않았다

삼복으로 달궈진 자갈밭
말발굽에 차여도

오히려 살아남게 한
짧은 키

겨울 속 질경이
가을 홀로 더듬는다

- 「질경이」 전문

인용시 두 편에서 어머니에 대한 시인의 감성을 잘
느낄 수 있다. 겨울은 맑고 투명한 계절이다. 「겨울
낚시」에서 '물속에 촉을 세우고 투명의 실을 당기는
힘'을 시인은 느낀다. 어떤 인연법에 의해서 물속의
고기와 화자가 투명 실로 엮이게 되었는지는 몰라도
세월이 된 떡밥이 어떤 단초가 되었음을 짐작케 한다.
그리고 화자는 어머니를 발견한다. 이미 어머니를 발
견할 요량으로 얼음 위에 망부석을 앉히고 어머니를
기다렸으리라. 그리고 끝내 발견한 것이 텅 빈 방, 그
렇게 한겨울 얼음의 구멍에서 곧 사라질지도 모를 어

머니의 미소를 그려냈다.

　이에 반해 「질경이」는 질경이를 통해 시인의 가족사를 슬쩍 드러내고 있다. 약수동 위태한 집터에 군화가 몽둥이처럼 진을 치던 날이 있었고, 어머니는 자식처럼 끌어안은 좌판을 놓지 않았다. 어떤 역사적 사건과도 연계됨이 있었다는 추측도 할 법하지만, 대개 시인들은 허구와 진실을 혼용하여 재창조하기도 하므로 그럴 수는 있겠다. 하지만 우리의 눈을 옥죄는 것은 "자식처럼 끌어안은 좌판을 놓지 않은 어머니"이다. 그리고 이 어머니는 질경이처럼 키가 작아서 살아남았다 한다. 이 연결 고리 속에서 화자의 어머니는 화자만의 어머니가 아니라 질경이같이 모진 삶을 살아온 우리 시대의 어머니로 가는 길을 터주고 있다.

　어머니를 통해 나의 존재가 인식되고 더불어 '가족'이 있다. 내가 존재할 수 있는 근원인 것이다. 가족을 존재의 근원으로 해서 '나'의 곁에 있는 배우자나 자녀가 현재의 삶을 구성하는 중요한 근간이 되는 것이다. 그리고 깨닫게 되는 것이 가족에 대한 끝없는 사랑이 "눈물 주름으로 진화 중이었다는 것을."

(전략)

바다처럼

도로를 점령한 스컹크 무리들

소리 없는 방귀는 더 지독하다는 범론汎論

냄새에 중독된 녹슨 부처

이제야 깨달은 것

복숭앗빛이던 아내의 볼

눈물샘이 터진 일, 그리고

진화 중인 눈물 주름

                 - 「깨닫는 것」에서

　위의 시는 '나'에 대한 존재론적 고찰을 '하루살이'를 통해 비추고 있다. 하루살이는 하루만 살아도, 하루살이가 아니라도 큰 상관은 없다. 화자는 이 시를 통해 자신과 우리네 삶을 슬며시 얹어둔다. 그리고는 이 삶의 틀을 벗어날 수 없음을 은유적으로 암시하면서 함께 하는 삶의 따뜻함을 노래한다. 그리고 그 중심에 '나'라는 하루살이가 있다.

　군화 끈 동여매고

　전장에 나가는 병정처럼

출정을 보채는 새벽 별

거미줄에서 줄타기하듯
먹기 위해 사는 하루

거대한 숲
빼곡한 나무들의 낯선 눈빛
손에 잡힐 듯 서 있는 꿈의 형체
내 것이 아닌 것들

눈에 보이는 아름다운
세상의 모든 것은 가시가 있어
안아 볼 수 없는 그대, 장미같이

그래도
차가운 가슴을 데우는 개포동 거리
포장마차로 모여든 저녁별이 내미는 손

나를 잡는다

- 「하루살이」 전문

    김준규 시인이 즐겨 쓰는 시의 소재는 단연 아침과
꽃이다. '아침'을 통해 삶을 깊게 성찰하고 있는 모습이 제목만 읽어도 단번에 그려진다. 「아침에 보이는 것」, 「아침의 반란」, 「아침 명상」이 그러하다. 그리고서 시인은 우리 앞에 불쑥 "시작을 알리는 아침/머물던 자리는 하얀 백지(밤에 온 손님)"라고 여백을 내놓는다. 무엇을 그려야 하나?

시인은 아침의 여백에다 꽃을 채워나갔다. 그리고서 시집 곳곳에 꽃을 활짝 피워 놓았다. 그런데 그의 꽃은 "별의 눈물(백일홍)"이고 "울분을 참지 못하고 피워낸 가시꽃(눈꽃의 꿈)"이라며 우리네 생을 대입시킨다. 그러면서 "고래 심줄처럼 목을 죄고 늘어지(복수초)"며, "힘 좋은 닥나무에 기대야/ 살아나는 운명(나팔꽃)"이라며 생의 비애도 슬쩍 끼워 넣는다. "눈이 부셔 끝내 다가가지 못하고/ 멀리 보낸 목련(바람꽃)"에서는 안타까운 생의 회한도 느껴진다. 그러나 종심의 시인이 온 생을 다해 피워낸 꽃은 "물기 없는 바위라도 꽃기만 해라/ 꿋꿋이 살아남을/사랑(종이꽃)"이었다고 「각시풀」에서 극명하게 보여준다.

엄마의
손끝에서 배운
살림 놀이

빨간 입술에서 배운
사랑놀이

내가
다가갔을 때
무작정 덤비던 당신

각시풀 인형
사금파리 깨어
토방의 흙으로 밥 짓고
토끼풀로 겅거니 하던
소꿉질 아이

세월이 훔쳐간
고운 꿈

거북손 되어
내 앞에 선

당신

- 「각시풀」 전문

김준규 시인의 사랑을 좀 더 들여다보자. 그는 사

랑을 목마른 갈증에다 비유한다. "사랑의 목마름은 밤이 두렵지 않은 별빛(바람꽃)"이 되어 "길 가다 서면 외로워지고 싶어/ 구걸하듯 내미는 손(갈잎)"으로 묘사하고 있다. 더러는 "훔쳐보는 짝사랑(매미)" 시절, 두근거리는 가슴까지 내놓았다. 하지만 사랑은 "함께 있으면 보이지 않고/ 멀리 있으면 보이는 당신(안개꽃)"처럼 "손잡고 사랑하면서 외롭다(숲은 외롭지 않다)"고 한다.

그러면 이 외로움의 근원은 어디서 온 것일까? "체온을 잠식하며 고드름이 된 외로움/ 웅크린 사랑의 불씨(얼음 속의 별)"에서 사랑과 외로움은 서로 뗄 수 없는 불가분의 관계임을 짐작케 한다. 그래서 "외로움은/ 사랑을 잡는 그물(바다)"이 되기도, 하지만 사랑은 그 사랑으로 인해 필연적인 아픔과 이별을 불러온다. 이별은 "입맞춤 하는 벌은 한 곳에 머물지 않고(코스모스)"그렇게 떠났으며, "첫 사랑의 필연적 이별처럼…… 남기고 떠나는 것이 있다면 재회를 애써 거부하는 산호초 언덕 가리비 조개처럼 다문 입(보딩패스)"만 남겨 놓았다. 하지만 시인은 여전히 "솜털 같은 촉수로/ 강물을 애무하며/ 물결을 만드는 사랑의 경련(강물)"을 그리워한다. 그럴 때마다 "연탄불 위에 냄비 끓듯/ '사랑이' 중독처럼 번지다/ 시간의 계곡으로 유배된 가난(어디쯤인가)"이 퍼져 나간다.

그리고서 끝내 적도에서 만난다. "뜨거운 슬픔이 밥이 되어 영근/ 저 풍만한/ 가슴으로 내어준 사랑"을, 그리하여 "단 하루도 못 보면 뿌루퉁해져/ 허리가 외로운 사랑쟁이(신발 별곡)"라고 너스레 떨기도 하지만, 결국 사랑은 "평행선을 건너는 위태한 사랑으로 남아/ 시간 위에/ 얼룩이 되기도(마지막 불꽃놀이)" 한다는 것을, 그리고 그는 우리에게 고백한다. "질리지 않는 세월을/ 우직하게 지켜온 사랑…… 당신의 곁에 남아 있는/ 시래기가 되고 싶다(무우의 소상)"라고.

때로는 잔뿌리 근심 없는
무처럼 살고 싶다

바람 앞에 시린 가슴 드러내고
안으로 안으로
꾹꾹 눌러 담은 순결의 속살
조금 쓰고 조금 맵고 달달하여

질리지 않는 세월을
우직하게 지켜온 사랑

절개처럼 곧고
풋풋한 팔 벌려
온기 있는 손아귀의 포옹을
기다리는 무청

때로는
청춘을 다 버리고도
당신의 곁에 남아 있는
시래기가 되고 싶다

                 - 「무우의 소상素像」 전문

4.

시인의 시적 자아의 발견은 곧 내가 아닌 상대, '타
자'를 통해 인식한다고 근대 합리주의 철학에서 이론
을 전개한다. 흔히 '타자라는 존재의 거울'로 비유되
기도 하는데, 이는 자기 삶의 방식에 의심과 의혹을
품고, 그로 말미암아 끊임없는 성찰과 학습으로 자아
를 완성하게 된다는 것이다.

시집의 마지막에 수록된 「암바라와 답사기」를 보
면, "가는 길은 다시 돌아올 수 없는 가시무덤"이 되
어버린 타자의 삶을 통해 나를 들여다보게 되고, "지

옥 같은 황량한 일터"에서 "착하고 아둔한 이들의 피"
가 시내를 이루는 타자의 슬픔이 "붉은 벽돌집 처마
밑 썩은 물"인 나의 슬픔으로 전이되는 과정을 볼 수
있다. 이를 통해 상처와 아픔을 문학으로나마 치유하
고자 하는 시인의 의지를 엿볼 수 있다. 후일 전해들
은 바로는, 이 암바라와 문학답사를 기점으로 김준규
시인이 본격적으로 시를 쓰기 시작했다고 한다. 진정
한 시인의 길을 걸어가고 있는 것에 놀라움을 금할
길이 없다. 다른 시편에 나타난 그의 치유와 사랑을
느껴보자.

눈길
발자국 깊이로

삶의 무게를 가늠하는
짧은 한낮

절정이

상처를 어루만지고 있다
                    − 「기다림 1」 전문

뜨거운 눈물이 범벅이었을
사랑의 무게로 짓눌린 발자국

날개 접고 앉아
보자기로 덮은 침묵의 아픔이 만져진다

바람으로 팬 파도가
함몰의 상처에 제 살을 채우듯

사랑으로
새 살을 돋게 하는 당신 발자국

-「눈 자국」에서

(전략)
하늘 끝
멀리 간 왜성은
안간힘으로 빛을 내며
스스로 소멸한다

시간을 달고 달리는 기관차
밤낮을 달려도 변하지 않는 별자리
땀이 되어 맺힌 밤이슬

유성이 떨어진 자리
팬 웅덩이에 사랑이 쌓이면
황금빛 비상을 꿈꾸는

다시
개똥벌레

- 「개똥벌레」에서

이 세 편의 시는 각각 눈과 개똥벌레가 소재이나 그 지향점은 같다고 볼 수 있다. "눈길에 난 발자국의 깊이"를 보고서 삶의 무게를 가늠하기도 하며, "바람으로 팬 파도가/ 함몰의 상처에 제 살을 채우듯" 사랑이 새살을 돋게 하고 있다. 또 "유성이 떨어진 자리/ 흉터처럼 남은 팬 웅덩이에도 사랑이 쌓이면" 개똥벌레는 다시 "황금빛 비상"을 꿈꾸게 되는 것이다. 이렇듯 김준규 시인의 눈에 비치는 사물에는 상처가 아닌 것이 없으나 모두 사랑으로 부활하여 살아 오른다. '타자의 거울'이 자신의 삶을 제대로 비추고 있는 있다는 것의 반증이기도 하다.

아직 김준규 시인은 '시인'이라는 호칭이 낯설다. 그도 그럴 것이 발명가로, 사업가로 40여년 살아온

삶 때문일 것이다. 그런 그가 시인으로 등단을 하였고 세상에 첫 시집을 내놓았다. 발명과 시는 일맥상통한다고 앞에서도 언급하였다. 사물을 대하는 발명이 실용과 실리를 추구한다면, 김준규 시인은 이미 자신의 실용과 실리를 몸에 익히고 있다. 이제 그 형식에다 이미지와 사유를 대치할 때 이는 시로서도 운용이 된다는 것을 진즉 깨치고 있었다. 준비가 제대로 되어 있는 시인이다. 그러기에 그의 시가 더욱 깔끔하며, 슬픔도 외로움도 삶의 목마른 순간들도 특유의 쾌활함으로 환치시키고 있는 것이다. 하여 첫 시집 출간을 계기로 시의 맛에 흠뻑 빠져들기를 권한다.

이번 첫 시집 『보딩패스』에는 아직 담아내지 못한 많은 사유를 엿볼 수 있다. 「앵벌이의 꿈」, 「사건의 배후」 등이 그러하다. 의식의 흐름을 연결의 선상flow에서 잡기도 하고, 의식의 단면stock에서 그려내기도 한다. 시인이 세상에 내놓는 한 편의 시는 예술적 피조물이다. 가다듬고 또 가다듬어 흠이 없는 완결의 상태를 추구하는 과정이 진정한 창작의 과정이라고 말하고 싶다. 후일 두 번째 시집을 통해 더욱더 빛나리라.

'종심 시인, 김준규'는 몸으로 익히며 시를 써 내려 간 그의 시는 간결하고 맑다. 말을 아끼는 마무리와 일상적 언어로 사유를 끌어내는 시의 호흡 또한 일품이다. 어떤 상처도 아픔도 사랑으로 치유하며 이미지로 만들어내는 노련함도 볼 수 있다. 이제 그가 쏟아내는 언어들이 어떤 형식과 틀에도 구애받음 없이 시인의 종심을 따라 우리 삶을 변주해 줄 것을 기대한다.

한바탕 소나기가 내린 오늘, 적도의 밤이 유달리 시원하다.